Anthony Browne

WILLY EL CAMPEÓN

LOS ESPECIALES DE

A la orilla del viento

FONDO DE CULTURA ECONÓMICA
MÉXICO

Primera edición en inglés, 1985
Primera edición en español, 1992
Séptima reimpresión, 2010

Browne, Anthony
    Willy el campeón / Anthony Browne ; trad. de Carmen
Esteva. — México : FCE, 1992
    30 p. : ilus. ; 23 × 23 cm — (Colec. A la Orilla del
Viento)
    Título original Willy the Champ
    ISBN 978-968-16-3909-9

    1. Literatura infantil I. Esteva, Carmen, tr. II. Ser. III. t.

LC PZ7   Dewey 808.068 B262w

Distribución mundial

Título original: Willy the Champ
© 1985, Anthony Browne
Publicado por Julia MacRae Books, Londres
Reimpreso con el permiso de Walker Books Ltd., Londres
ISBN 0-86203-215-6

D. R. © 1992, Fondo de Cultura Económica
Carretera Picacho-Ajusco 227; 14738 México, D. F.
www.fondodeculturaeconomica.com
Empresa certificada ISO 9001: 2000

Editor: Daniel Goldin
Traducción de Carmen Esteva

Comentarios: librosparaninos@fondodeculturaeconomica.com
Tel. (55)5449-1871 Fax (55)5449-1873

ISBN 978-968-16-3909-9

Se terminó de imprimir en el mes de febrero de 2010
en Impresora y Encuadernadora Progreso, S. A. de C. V. (IEPSA),
Calzada San Lorenzo 244; 09830 México, D. F.
La edición consta de 3 400 ejemplares.

Impreso en México • *Printed in Mexico*

Para Ellen

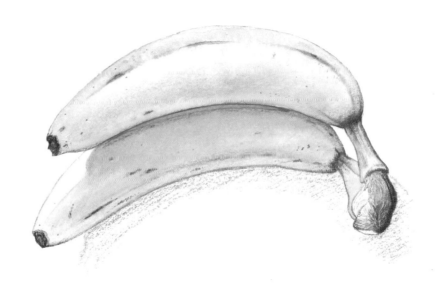

Willy parecía no ser bueno en nada.

Le gustaba leer...

y oír música...

y caminar por el parque con su amiga Millie.

Willy no era bueno para el futbol...

Pero se esforzaba.

Willy trató de correr en bicicleta...

De veras lo intentó.

Algunas veces Willy se iba caminando
a la piscina.

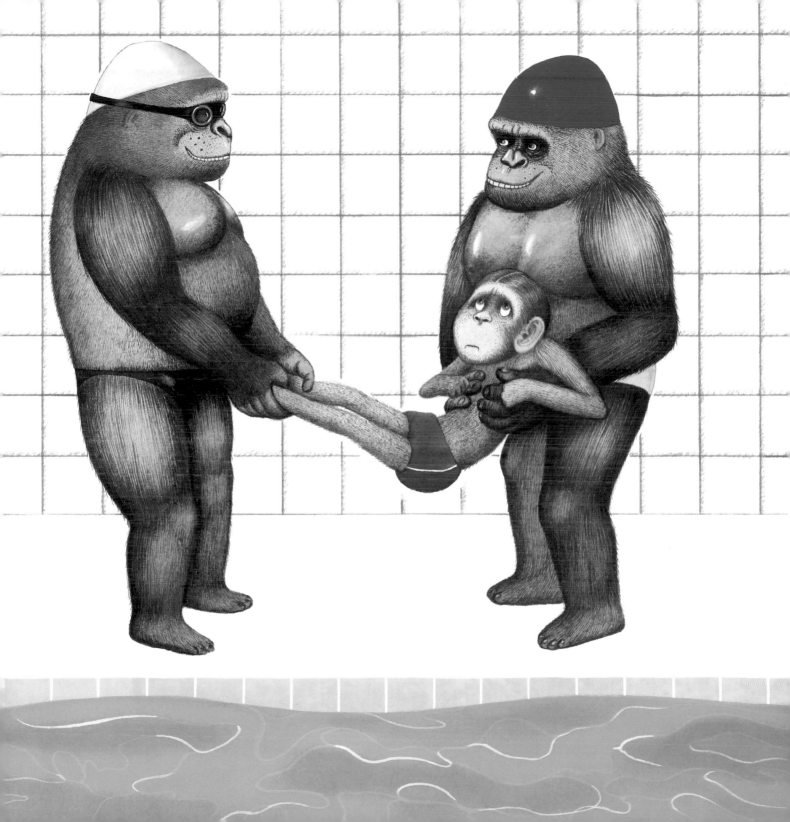

Otras veces iba al cine con Millie.

Pero siempre sucedía lo mismo. Casi todos se reían de él, sin importar lo que hiciera.

Un día Willy estaba en la esquina con los muchachos cuando se apareció una figura horrible.

Era Buster el Narizotas.
Buster tenía una facha horrible.
Los muchachos corrieron.

Buster le tiró un golpazo.

Willy se agachó...

...luego ¡se enderezó!

—Oh, lo siento —dijo Willy—. ¿Estás bien?

Buster se fue a casa con su mamá.

Willy era el Campeón.